夏日星

Natsuhiboshi

小林浅葱

文芸社

夏日星

二塁手の君へ

ゆうべ降った雨のせいで
桜はだいぶ散ってしまったね
花びらの向こう側に
空が透けるから
君がまたエラーするんじゃないかと
居ても立ってもいられなくなるんだ

卯月

途切れることない
この桜並木のどこかに
君が立って笑っていてくれたら
僕はきっと
夏が来るまで眠ることはないだろう

あのひと

金色に透ける髪と
カラーコンタクトのグレーの瞳
近づいたと思ったら
また遠ざかるんだね

小夜時雨

夜行列車の窓硝子をつたう
幾千もの雨のつぶ
切れた豆電球みたいに
小さく小さく輝くんだ

失恋した日

「忘れて下さい。」
君のたった一言が
忘れられなくなりました

青い春

まぶしい空に
ピンクに染まった絹のかけらが
よく似合うよ
悩み多き16歳の春
桜並木が無邪気にあざ笑うんだ

夏日星【〇一〇】

六月の恋模様

例えば僕の手のひらを
君がためらいがちに握り返してくれたなら
灰色にくすんだ空も
心地良いものへと変わるだろう

恋の名残り

押しつけられる口唇も
首筋を這う舌も
絡みつく手足も
どこか無機質なものに思えてならない
新しい人を知る度に
君と比べてしまうから
年号を暗記する生真面目な受験生のように
繰り返し繰り返して
君との記憶を辿っていることに気づくんだ

夏日星【〇一二】

片思い

真夜中過ぎ
冷蔵庫が地味な鼻歌を聞かせているね
明日《あす》もきっと君は
行儀悪く教室の窓に腰かけて
きらきらと笑うに違いない

初夏の計画

日差しが夏に近づく度に
僕はどぎまぎしてしまうんだ
去年の夏は窓の下の遊歩道で
子供等が
打ち上げ花火に歓声をあげてた
あの日のにぎわいが
寂しさを誘ったね

夜風よ、草木の青臭さよ
真昼の直射日光やら陽炎やらで
すっかりのぼせてしまった僕を鎮めてくれ

君にラムネを買ってやるよ
氷水の底に沈んだ、
とびきり冷たいやつを選んであげる
甘い香りだけ舌に残ったら
泥にまみれたサンダルの足を
彼処の川まで洗いに行こう

暁月夜
——あかときづくよ——

午前4時
流星が見たくて
うんと早起きしたんだ
青紫に透んだ町
けれどいくら待っても星は流れなくて、
中途半端に太った月に
こっそり願いを託してみた

駐輪場にて

自転車のタイヤにはりついた
銀杏の葉っぱ
こんなにも現実離れした素敵な色づかい
僕は苦手だよ

空気

煙草と香水の匂いが入り混じった君の部屋
殺風景な眺めだった

壁紙や布団の色だって
思い出せやしない
ただ僕たちを取り巻く
けむたくて甘い、
甘い空気だけを感じていたんだ
いつの間にクセになっていたのかな
その居心地の悪さに

君は行ってしまうのに
「有難う」のひとつも言えない
まして「さよなら」なんて
無理な話さ

「好きだった。」

あまのじゃく

君の優しさがうっとおしかったんだ
君が僕に尽くしてくれればくれる程
壊してやりたくなる
手を振る君をわざと無視したね
笑いかけてくれる君から瞳をそらしたね
とにかく君の恋心やら愛情やらを
冷たく冷たく追放したんだ
あまのじゃくな僕に
バチがあたったのかもしれない
君は僕に勝ったんだよ
欲しかったのは安らぎやぬくもり

恐縮ですが
切手を貼っ
てお出しく
ださい

112-0004

東京都文京区
後楽2－23－12
(株) 文芸社
ご愛読者カード係行

書　名			
お買上 書店名	都道　　市区 府県　　郡　　　書店		
ふりがな お名前		明治 大正 昭和　　年生　　歳	
ふりがな ご住所	□□□-□□□□	性別 男・女	
お電話 番　号	（ブックサービスの際、必要）	ご職業	
お買い求めの動機 1. 書店店頭で見て　2. 小社の目録を見て　3. 人にすすめられて 4. 新聞広告、雑誌記事、書評を見て（新聞、雑誌名　　　）			
上の質問に 1. と答えられた方の直接的な動機 1. タイトルにひかれた　2. 著者　3. 目次　4. カバーデザイン　5. 帯　6. その他			
ご講読新聞　　新聞	ご講読雑誌		

文芸社の本をお買い求めいただきありがとうございます。
この愛読者カードは今後の小社出版の企画およびイベント等の資料として役立たせていただきます。

本書についてのご意見、ご感想をお聞かせ下さい。

① 内容について

② カバー、タイトル、編集について

今後、出版する上でとりあげてほしいテーマを挙げて下さい。

最近読んでおもしろかった本をお聞かせ下さい。

お客様の研究成果やお考えを出版してみたいというお気持ちはありますか。

ある　　ない　　内容・テーマ（　　　　　　　　　　）

「ある」場合、小社の担当者から出版のご案内が必要ですか。

希望する　　希望しない

ご協力ありがとうございました。

〈ブックサービスのご案内〉

小社では、書籍の直接販売を料金着払いの宅急便サービスにて承っております。ご購入希望がございましたら下の欄に書名と冊数をお書きの上ご返送下さい。（送料１回380円）

ご注文書名	冊数	ご注文書名	冊数
	冊		冊
	冊		冊

今さら気づくなんて
馬鹿にも程がある
行ってしまった君とひきかえに
僕は切なさやくやしさ、
涙を手に入れたよ
とんだ茶番劇さ

夕景

赤銅色に焦げる夕方の空
錆ついた町に
晩ごはんの湯気が立ち込める
焼き魚と
みそ汁の匂い

登校時の出来事

雪合戦に夢中の君は
もうじきチャイムが鳴るってことも
三時間目に
化学の試験があるってことも
まるで気にしちゃいないんだね
雪をまとったコート姿の君が
やけに無防備で
僕は化学式どころじゃなくなるんだ

夏日星【〇二三】

夜更けの避難経路

生い茂る木々が
まだ来ぬ夜明けを瑠璃色に彩る
滴《したた》り落ちる夜露で髪を濡らしたら
気違いに発光するコンビニを素通りして
鳥たちが群れて眠る
あの川辺へと逃げ込もう

夏日星【〇二四】

蓮華畑

雨上がりの放課後
一面に咲いたれんげそうが
さびれた気配を
すっかり消し去ってくれたね

こんな日はジャムトーストが食べたいんだ
それも真っ赤な苺のジャムがいい

Dear my friend

君があの娘《こ》を失って
なんと言って慰めていいか
分からないけど、

四つ葉探しなら手伝うよ

覚醒

各駅停車の開いたドアー
杉の葉をなでる風が
清流に解けて、冷たい香り
鼻の奥をすり抜けて
あの夏が目覚めたんだ

生あたたかいアスファルトに寝転んで
星空のむこう側を見つめてた僕等

立場の逆転

君が待つ夜
田んぼ道では
蛙がシャンソンを歌っていたね
そしていつか
君が待つ夜は
君を待つ夜に変わっていった
最初に電話がきて、
数分後に君が来る
乱暴なノックの音が息苦しかった
君がなかなか来ない夜明けは
もっと息苦しかった

君がちっとも来なくなった時
私はさよならを察した
蛙は今でも歌っているんだろうか

Boys in the park

終電を逃した少年たち
泊まる所がなくて
夜通し
傘で素振りをしていたね

天気予報はどうやらハズレ
傘を開《ひら》かずに済んだね

夏日星【〇三〇】

夏期補習

蟬の鳴き声がとてつもなく暑苦しい
補習授業
蚊にやられた生徒たちは、
膝の裏やら首すじやらに
虫刺されの薬を塗っている
だからペパーミントガムを嚙んだって
今なら先生にバレやしないさ
蟬のお経とはっかの香りと問題集
売店のアイスキャンディーが
たまらなく恋しくなるね

夏日星【〇三二】

緑青《ろくしょう》の記憶

貯水タンクの水を送り出す、
ザワアという音に
幼き頃
祖父母と観た滝を想った

深い苔色の滝つぼに
かすかな苦味を感じて僕は戸惑っていた
祖母のもう帰るわよ、という声が
緑青《ろくしょう》の森に溶けて
僕は何だかよく聞き取れなかった
祖父が厚くて、筋ばった手で

僕の腕をぐいと引っ張った
父さんの肝臓は
ちっとは良くなったんだろうか
そればかりが気になっていた

今、貯水タンクをあの滝と見紛った僕を
父さんは笑うでしょうか

過ぎゆく夏を見送って

しまい忘れた隣家《りんか》の風鈴が
過ぎゆく夏を見送って
僕の耳元まで
紫苑《しをん》の曲を囁きに来るんだ
夜さりにはマツムシが
気長に世間話をはじめることだろう

放課後ランナー

階段を駆け下りていく君は
やっぱり速くて
かばんの鈴がけたたましく鳴っていた
今日は君の
ほつれたズボンの裾を
見逃してしまった

女性論

強い女のフリして君を許す私は
結局都合の良い女なのかな

夏日星【〇三六】

決闘状

この季節も
いつか過ぎ去って
遠かったはずの
冬がやって来る
そしたら
つららを剣にして
氷点下をしるす温度計に
戦いを挑むのさ

夏日星【〇三七】

果てしなく甘い想い出

渡しそびれたチョコレート
夜中に母と食べました
果てしなく甘い想い出

やきもちやき

あなたは将来
どんなひとと結婚するのかな。
私は
あなたの未来の奥さんに、
嫉妬しています。

快晴、そして僕は置き去り。

穏やかにはためく洗濯物を越えて
高い空が見える
布団の中から覗き見る、
外の景色は儚くて
汗ばむ額に気づかぬふりして
寝返りをうつ
筋を痛める程腕を伸ばしても
扇風機に届かない
僕を置き去りにしないで

目が覚めて私は

ベッドの上であの人が
寝ぼけて私を抱きすくめる夢を見た
目が覚めて私は
あの人に恋をした

どしゃぶり

雨に溺れたアスファルトが
芳香を放ち
人々は
ごく自然に急ぎ足になる

自転車をこぐ青年の
シャツの背中が
傘を滑り降りた雨垂れで
色を変える

それが仇となった

僕が好きなものを
君は好きにならなかったし
君が好きなものを
僕は好きになれなかったね

寝しなに聴く歌や
靴下を選ぶ店
夕方に観る再放送だって
どれひとつとってでも
僕と君とじゃ合わなかった

知っていたのにね
だけど僕、
君のことだけは好きだったんだよ

沈丁花

彼とキスがしたくなったら
ジンチョウゲを耳にかけて
髪を飾ろう
愛しい薫りに、
目を開けたままキス。

ランチタイム・フォーエバー

切り過ぎた前髪のことは
触れないでくれ
君は例の
眼帯をした
バイク乗りの少年の所へ行くのだろう？

ベランダの手すりに
体重をかけながら
風呂屋の煙突でも見物してるさ

帰りがけに

駅前のティッシュ配りの男から
もらって来てくれないか
あれは案外使い勝手が良いんだ

三階の窓辺

辞書を小脇に抱えて眠るあなたを
放課後すぐに居なくなるあなたを
雑布をスケート靴に
廊下をアイスリンクにして
踊るあなたを

私は
校庭を走りながら眺めていました
スパイクが乾いた地面に
幾つもの穴を空けても
向かい風が砂ぼこりをあげて

髪を汚しても
三階の窓辺は
スクリーンだったから

蛍草

露草で
ティッシュを染めて
ちっちゃな染め物屋さん
ラジオ体操の帰り道は
母さんへのお土産
ポケットに忍ばせて
ご機嫌な少女たち

火星

坂の上から
オレンジを転がしてみたいだなんて君、
僕はいつまで
笑いをこらえてりゃいいんだい

著者紹介　小林浅葱―こばやしあさぎ―
一九八一年生まれ。日活芸術学院映像美術科デザイナーコース在学中。

夏日星―なつひぼし―

二〇〇一年一二月一五日　初版第一刷発行

著　者　小林浅葱
発行者　瓜谷綱延
発行所　株式会社文芸社
〒一一二―〇〇〇四　東京都文京区後楽二―二三―一二
電　話：〇三―三八一四―一一七七（代表）
〇三―三八一四―二四五五（営業）
振　替：〇〇一九〇―八―七二八二六五
印刷所　株式会社平河工業社

ISBN4-8355-3074-8 C0092